Leena Parkkinen

Bühne frei für Magermilch

Titel in der Regel auch als E-Book erhältlich

Leena Parkkinen

Bühne frei für Magermilch

Aus dem Finnischen von
Gabriele Schrey-Vasara

Mit Illustrationen von Katja Wehner

Boje

MIX
Papier aus verantwortungsvollen Quellen
FSC® C006701
www.fsc.org

Titel der finnischen Originalausgabe:
»Miss Milky Ray«
Für die Originalausgabe:

FILI
FINNISH LITERATURE EXCHANGE

Diese Übersetzung erscheint mit freundlicher Unterstützung von FILI, Finnish Literature Exchange.

Für die deutschsprachige Ausgabe:

Umschlaggestaltung: Kirsten Osenau unter Verwendung einer Illustration von Katja Wehner
Einbandmotiv: Katja Wehner, Leipzig
Layout und Satz: Ortrud Müller – Die Buchmacher, Köln
Gesetzt aus der PMN Caecilia
Druck und Einband: CPI – Ebner & Spiegel, Ulm

Printed in Germany
ISBN 978-3-414-82115-7

5 4 3 2 1

Sie finden uns im Internet unter: www.boje-verlag.de

Milena stand vor dem Badezimmerspiegel und putzte sich die Zähne. Dabei musste sie gut aufpassen, damit die Naht an ihrer Zunge nicht aufriss. Vor einem Monat war sie in einen Unfall verwickelt gewesen, bei dem zwei Autos – rums – zusammengestoßen waren. Die Autos waren in zwei Hälften zerplatzt wie Melonen, und Milena hatte sich so erschreckt, dass sie sich die Zunge zerbissen hatte. Es hatte fürchterlich geblutet, und Milena hatte ausgesehen, als hätte sie in Ketchup gebadet. Davon abgesehen, war sie völlig heil geblieben. Sie war so gesund wie eine gescheite Achtjährige nur sein kann. Aber über ihre Zunge zogen sich jetzt Nähte wie auf einer Patchworkdecke. Manchmal stellte Milena sich vor, sie wäre so eine Flickendecke. Kein lebendiges Mädchen namens Milena, sondern ein Roboter, der aus verschiedenen Haut- und Organflicken zusammengesetzt war und brav erledigte, was getan werden musste (zum Beispiel das Zähneputzen).

Auf einmal hörte Milena ein Plätschern in der Badewanne. Sie blieb reglos stehen und spitzte die Ohren. Es rauschte, als würde in der Wanne ein riesiges U-Boot schwimmen. Auf in den Kampf, dachte Milena und schlich vorsichtig zum Duschvorhang.

Sie hob die Zahnbürste über den Kopf, denn jeder Dummkopf weiß, dass Monster trotz ihres wilden Aussehens eigentlich Feiglinge sind, gegen die man sich am besten mit einem Angriff verteidigt. Mit einer schnellen Bewegung packte sie den Vorhang und zog ihn zur Seite. In der Wanne saß eine Kuh. Sie schrubbte sich den Rücken mit der Klobürste und aus ihren Nüstern quollen Seifenblasen.

»Würdest du bitte den Vorhang zuziehen«, sagte die Kuh. »Meine Haut verträgt keine Zugluft.«

Milena machte den Mund auf, doch alle vernünftigen und schlagfertigen Antworten waren weg. Sie zog den Vorhang zu und setzte sich mit untergeschlagenen Beinen auf den Klodeckel, zählte bis zehn und zog den Vorhang erneut ein kleines Stück zurück. Die Kuh lag immer noch in der Badewanne. Diesmal sah sie Milena nicht einmal an, sondern sang laut und falsch: »Mein Opa hat 'ne Insel, die ihm allein gehört.«

»Milena, hast du Bauchweh oder warum jaulst du da oben so rum?«, rief ihre Mutter aus dem Erdgeschoss herauf. Im Hintergrund hörte Milena die Titelmelodie der Fernsehserie *Trautes Heim*. Das bedeutete, dass ihre Mutter sie in der nächsten halben Stunde nicht stören würde. Und bis dahin hatte Milena die Sache bestimmt längst aus der Welt geschafft. Es war sinnlos, Erwachsene in solche Dinge zu verwickeln. Sie schickten einen bloß zu anderen Erwachsenen, die komische Jacken trugen und dauernd mit einem reden wollten oder einem Vitamintabletten verschrieben.

»Allesch in Ordnung!«, rief Milena. Sie sprach ein wenig undeutlich, denn das Reden tat weh.

»Wer war das?«, fragte die Kuh.

»Meine Mudder.«

»Mütter scheinen nichts von Musik zu verstehen«, sagte die Kuh. »Aber was kann man von Menschen schon erwarten. Bei den Nasen, die sie haben.«

»Naschen?« Milena hatte allmählich das Gefühl, dass diese Begegnung nicht besonders manierlich verlief.

»Iihhh«, sagte die Kuh. »Menschennasen! Die sind einfach abscheulich.«

»Wiescho?«, fragte Milena und hielt sich die Hand vor die Nase.

»Sie sehen aus wie Wurmlöcher«, sagte die Kuh. »Ein kleiner Knubbel mit zwei Höhlen drin. Man wartet geradezu darauf, dass da etwas Weißes, Schleimiges herauskriecht. Aber man kann natürlich nicht davon ausgehen, dass alle eine so wohlgeformte Schnauze haben wie unsereins.«

Milena fand, dass die Kuh ganz schön hochnäsig wirkte, als sie sich jetzt mit der Bürste das Gesicht abrieb.

»Weischt du nicht, dasch dasch eine Klobürschte ischt? Damit schrubbt man Klosch.«

»Na und?«, fragte die Kuh. »Sind die Kloschüsseln nicht sauber?«

»Ach, vergisch esch!«, gab Milena genervt zurück. Die Kuh ging ihr wahrhaftig auf den Wecker. »Nun schag schon, bischt du ein Monschter?«

»Ein Monster!«, empörte sich die Kuh und reckte das Maul hoch. »Ich bin eine erstklassige Ayrshire. Sechshundert Kilo, ohne die Hörner.«

»Du schiehscht viel schlanker aus«, sagte Milena. Sie überlegte, ob Ayrshire ein Wort aus der Monstersprache war.

»Bestimmt nicht«, schnaubte die Kuh. »In unserer Familie hat noch nie jemand unter 520 Kilo gewogen. Nicht einmal Donatella, meine Kusine zweiten Grades, die väterlicherseits eine Hornlose ist. Aber darüber wurde bei uns nicht gesprochen. Eine Kuh muss ihre Familie akzeptieren, auch wenn manche Verwandten wahre Rindsviecher sind.« Die Kuh lachte dermaßen über ihre eigenen Worte, dass sie Seife in die Augen bekam und sich hastig Wasser ins Gesicht spritzte.

»Aber was tust du in MEINEM Badezimmer?«,

fragte Milena, die das Nuscheln nach der ersten Aufregung langsam in den Griff bekam.

»Ich bade«, entgegnete die Kuh. »Mein liebes Kälbchen, du bist nicht gerade intelligent. Und es ist unhöflich, andere mit offenem Mund anzustarren. Ihr Menschenkälber seid schlecht erzogen. Na ja, was kann man schon von Leuten erwarten, die nicht jeden Morgen nahrhaftes Heu mit Kalziummehl essen. Kein Wunder, dass eure Köpfe so klein bleiben.« Die Kuh stieg aus dem Wasser und wickelte sich ein rot gestreiftes Handtuch um die Hörner.

»Die Größe hat nichts mit der Intelligenz zu tun«, widersprach Milena.

»Was du nicht sagst, kleines Kälbchen. Willst du behaupten, du wärst dümmer als ein Hamster? Ich heiße übrigens Magermilch Tetra Rex Huber«, sagte die Kuh. »Und es gehört sich, dass du dich auch vorstellst.«

»Ja, schtimmt. Alscho, ich bin Milena«, sagte Milena.

»Ihr Menschen habt einen seltsamen Akzent. Wenn du eine Kuh wärst, würde ich sagen, du nuschelst.«

»Du nuschelscht schelbscht«, fauchte Milena.

Und dann erklärte sie die Sache mit ihrer Zunge und dem Unfall und dass ihre Mutter seitdem den ganzen Tag nur auf dem Sofa lag und Eis aß. Und dass Milena sich Sorgen machte, ob sie je wieder lernen würde, normal zu sprechen, oder ob sie bis ans Ende ihres Lebens eine Ausgestoßene sein würde, die nicht einmal das Wort Herbststurm buchstabieren könnte, ohne zu nuscheln.

»Warum in aller Welt willst du Herbstwurm buchstabieren? H-E-R-B-S-T-W-U-R-M, das ist doch Quatsch. Würmer sind Mist. Die bringen einem bloß den Magen durcheinander. Eine meiner Kusinen hatte einen Bandwurm. Das arme Ding ist so abgemagert, dass ihr Bauer sie als Stangenzaun aufgestellt hat.«

»So geht das nicht.«

»Da sieht man es mal wieder«, sagte Magermilch. »Über die Gespräche mit Einmagigen darf man sich nicht zu viele Gedanken machen. Die sind langweilig. Auch du hast bisher nichts besonders Interessantes gesagt.«

»Mit den Einmagigen?«

»So nennen wir Kühe euch Menschen. Durch Wiederkäuen reift das Denkvermögen.«

»Aber es heißt nicht H-E-R-B-S-T-W-U-R-M. In dem Wort kommt zweimal st vor.«

»Woher willst du das wissen? Hast du die Kuhfibel gelesen?«

»Nein.« Milena war drauf und dran hinzuzufügen, dass sie von so einer Fibel noch nie gehört hatte.

»In der Kuhfibel stehen nie zwei st hintereinander. Unserer Meinung nach ist ein doppeltes st vulgär.« Das letzte Wort sprach Magermilch mit bebender Schnauze aus. Plötzlich sah sie Tante Ulrike ähnlich, die schon vornehm auf die Welt gekommen war, wie Milenas Mutter sagte.

»MILENA!«, rief ihre Mutter von unten. »Hör auf, herumzuplanschen. Weißt du, was warmes Wasser kostet?«

»Psst«, sagte Milena zu der Kuh und vergaß ganz das Nuscheln. »Wenn meine Mutter dich hier sieht, dreht sie durch.« Milena hatte gelernt, dass ihre Mutter furchtbar schlechte Nerven hatte, wenn es um ungewöhnliche Dinge ging. Erst gestern hatte Milena eine wunderschöne, glatte Ringelnatter mit freundlichen, sehnsüchtigen Augen ins Haus gebracht, die sie anzuflehen schien, auf ihrem Kissen schlafen und aus ihrer Müslischale fressen zu dürfen. Aber als die Schlange beim Frühstück aus Milenas Schlafanzug direkt in die Schüssel mit der Dickmilch ihrer Mutter gekrochen war, hatte Mama ihren Stuhl zurückgestoßen, die Hände über die Ohren gelegt und gellend geschrien. Und Milena hatte die Ringelnatter nach draußen schaffen müssen.

Ihr war klar, dass sie diese Kuhgeschichte unauffällig erledigen musste, sonst würde es wieder Heulen und Zähneklappern geben. Oder zumindest verrücktes Kreischen. Bei Erwachsenen war nur auf eines Verlass: Sie konnten fürchterlichen Lärm schlagen.

Doch Magermilch interessierte sich nicht für Milenas Mutter. Sie rieb den beschlagenen Badezimmerspiegel trocken und musterte ihre Wimpern. Milena musste sie zweimal kräftig anstupsen und ihr erklären, warum es so wichtig war, dass ihre Mutter sie nicht zu Gesicht bekam. Damit Magermilchs Schritte nicht zu hören waren, gab Milena ihr ein Paar Wollsocken, die ihre Oma ihr gestrickt hatte. Im Erdgeschoss dröhnte der Fernseher. Das Liebespaar in der Serie schien sich heftig zu streiten und Milenas Mutter blickte gebannt auf den Bildschirm.

Eins, zwei, drei, zählte Milena in Gedanken mit, als sie hinter der Kuh die Treppe hinunterstieg. Dann ging alles furchtbar schnell: Auf halber Höhe rutschte Magermilch aus. (Milena musste zugeben, dass die Idee mit den Wollsocken vielleicht doch nicht so brillant gewesen war.) Rums, rums, alle viere von sich gestreckt polterte die Kuh die letzten Stufen hinunter. Milena erstarrte vor Schreck. Einen Augenblick lang war kein Laut zu hören. Die Streithähne im Trauten Heim starrten sich stumm an.

»Milena …«, rief Mama. »Was in aller Welt …« Im nächsten Moment sagte der Held im Fernsehen: »Aber Eulalia, ich bin in Wahrheit dein Bruder«, und ihre Mutter verstummte. Magermilch rappelte sich auf und schlich zur Haustür. Von ihrer Aufgeblasenheit war nichts mehr übrig. Man sah ihr an, dass sie sich so sehr schämte, wie es einer ausgewachsenen Kuh nur möglich war. Ihr Schwanz hing schlaff herab und sogar ihre Hörner saßen schief. Sie lief so schnell aus dem Haus, dass Milena sich fragte, ob sie sich den ganzen Vorfall vielleicht nur eingebildet hatte.

Am nächsten Morgen roch es nach frischem Gras. Milena hatte geträumt, dass die Kuh auf der Wiese Klee fraß. Der Traum war ihr merkwürdig echt vorgekommen; beinahe, als hätte sie Magermilchs Rülpser gehört.

Sie ging ins Erdgeschoss, wo ihre Mutter mit zusammengekniffenen Augen die Kaffeemaschine anstarrte. Milena schaltete die Maschine ein und lief nach draußen. Vom Morgentau wurden die Beine ihrer Pyjamahose nass. Die Wiese war leer. Milena sah überall nach, sogar im Graben, obwohl ihr klar war, dass Magermilch sich niemals im knietiefen Graben verstecken würde. Selbst dann nicht, wenn man sie mit einer Vitaminspritze bedroht hätte.

Milena ging ins Haus zurück, wo ihre Mutter nun eine volle Tasse mit kalt gewordenem Kaffee anstarrte. Auch Milena goss sich ein wenig Kaffee ein und füllte die Tasse mit reichlich Milch auf. Eigentlich mochte sie keinen Kaffee, aber dieser Morgen war einfach zu merkwürdig. Vielleicht brauchte sie einen Muntermacher.

Nach der dritten Tasse kam Milenas Mutter zu sich und schickte ihre Tochter zum Zähneputzen. Es war blödsinnig, sich in den Ferien die Zähne zu putzen, aber Milena verzichtete auf Widerworte. Vor dem Mittagessen war ihre Mutter nicht ansprechbar, bis dahin konnte man mit ihr kein vernünftiges Gespräch führen. Zum Beispiel darüber, dass Milena dringend ein eigenes Trampolin brauchte, damit sie eine gute Note in Sport bekam. Beim Zähneputzen überprüfte Milena vorsichtshalber die Badewanne, doch die war leer. Sie ging in ihr Zimmer und warf sich aufs Bett.

»Autsch!«, tönte es unter ihr. »Es ist nicht besonders höflich, andere mit den Klauen zu treten.«

»Was tust du in meinem Bett?« Milena sprang auf und starrte auf die Decke, die sich unförmig wölbte. Kurz darauf kam ein Kuhmaul zum Vorschein.

»Was glaubst du wohl? Ich wärme mich auf. Draußen ist es eisig, falls du das noch nicht gemerkt hast.« Magermilch sprach ein wenig undeutlich. Bei genauerem Hinsehen entdeckte Milena Kekskrümel auf ihrer Schnauze.

»So kann es mit uns nicht weitergehen«, sagte Milena mit tiefer Stimme wie der Held von *Trautes Heim*, doch die Kuh schien ihr nicht zuzuhören.

»Hast du noch mehr von diesen Keksen mit dem Schokoguss und den rosa Zuckerstreuseln?«

»Du hast mir doch gestern erst erklärt, wie gesund Gras ist und wie gut für das Gehirn«, sagte Milena.

»Gras wird überschätzt. Die wahre Kuhnahrung sind Schokokekse. Aber jetzt müssen wir über etwas Wichtiges reden. Du schwatzt gern belangloses Zeug. Ich habe den Verdacht, dass man dich falsch erzogen hat«, meinte Magermilch.

»Ich habe mich selbst erzogen«, erklärte Milena. Sie war davon überzeugt, dass Erziehung zu den Dingen gehörte, die man besser nicht den Erwachsenen überließ. Die waren ohnehin meist damit beschäftigt, mit Feuereifer über irgendwelche Probleme zu reden oder sich über etwas aufzuregen, was sie Sitzung nannten. Das bedeutete, dass man mit anderen in einem Büro hockte und Kaffee trank.

»Du musst mir helfen«, sagte Magermilch, holte etwas unter der Decke hervor und hielt es Milena hin. Es schien sich um ganz normales Schokoladeneinwickelpapier zu handeln.

»Und zwar bei meinem Aufstieg zur Prinzessin der Wiese«, erklärte sie weiter und sah das Mädchen aus ihren feuchten Kuhaugen an. Milena riss vor Überraschung den Mund auf. »Du musst mir helfen, Miss Milky Ray zu werden.«

Milena hatte den Verdacht, dass sie mit ihrem verdutzten Gesichtsausdruck albern aussah, und setzte sich auf den Fußboden. Sie fand die Kekspackung, die Magermilch beinahe leer gefressen hatte, und futterte die Reste, während die Kuh weiterredete. Ohne Milch schmeckten die Kekse nicht so gut, aber irgendwie schien es falsch zu sein, in Anwesenheit einer Kuh Milch zu trinken. Magermilch war so aufgeregt, dass Milena eine ganze Weile brauchte, um sie zu verstehen. In aller Kürze ging es um Folgendes: Alle drei Jahre wählte die Schokoladenfabrik Milky Ray, die schönste Kuh auf der Wiese. Die Siegerin erhielt den Titel Miss Milky Ray (um den sie alle anderen Kühe beneideten) und ihr Bild zierte drei Jahre lang den Milky-Ray-Schokoriegel.

»Im Moment ist das Bild von der ollen Luzie Klauenburg drauf. Du glaubst nicht, wie sie damit prahlt, dabei wissen alle, dass ihr Vater ein Weißblauer Belgier ist.«

»Ein Weißblauer Belgier?«

»Die halten sich für besonders vornehm, aber in Wahrheit haben sie einen doppelten Po. Überzüchtete Viecher.«

Milena hätte gern mehr über den Doppelpo gehört, aber Magermilch setzte ihren Bericht fort.

Offenbar waren Luzie und Magermilch seit Langem verfeindet und mütterlicherseits miteinander verwandt. »Wir sind nicht im selben Kuhstall aufgewachsen, aber immerhin«, erklärte Magermilch. Luzie hatte sie schon als Kälbchen gequält. Sie hatte sie dazu gebracht, giftige Ranunkeln zu fressen, sodass Magermilch sämtliche Mägen wehtaten. Sie hatte sie aufgestachelt, am Ufer in eine Untiefe zu waten, und sie einmal sogar gegen den elektrischen Zaun gestoßen, angeblich aus Versehen. Schon als Kalb war Luzie groß gewesen, ein Riesenbrocken, und schokobraun. Gegen so jemanden kam man kaum an.

»Ehrlich gesagt, ich wiege nicht ganz fünfhundert Kilo. Ich bin die kleinste Kuh in der ganzen Verwandtschaft«, klagte Magermilch und ließ den Kopf hängen. »Ich habe keine Chance.«

»Ach was«, sagte Milena, der die Kuh leidtat. »Ich helfe dir!«

Magermilch freute sich. »Wirklich?« Sie wollte das Mädchen umarmen, doch Milena konnte gerade noch ausweichen. Selbst eine kleine Ayrshire-Kuh ist nämlich ein ziemliches Trumm, wenn sie einen in die Arme nimmt. Magermilch schien nicht beleidigt zu sein, sondern sprang fröhlich in die Luft, dass sich der Fußboden des Kinderzimmers bog.

»Zuerst musst du mir ganz genau erzählen, was zu dem Wettbewerb gehört. Dann können wir ein Trainingsprogramm aufstellen. Ich kenn mich in diesen Dingen aus, ich habe schon ganz viele Filme darüber gesehen«, sagte Milena.

Die Wiese am See war der beste Ort zum Üben, dort waren sie geschützt. Das Seeufer war dort so schlammig, dass niemand schwimmen mochte, und Sonnenanbetern war die Wiese zu abgelegen. Früher hatte man dort Schweine gehalten, aber die waren schon lange weg. Man sah nicht einmal mehr ihre Abdrücke im Schlick. Nur der schiefe alte Schweinezaun stand noch da, aber auch der sah aus, als würde er bald zusammenbrechen.

»Der schwierigste Teil ist die Talentprobe«, sagte Milena. Sie hatte ihre beste rote Trainingshose angezogen, weil sie fand, dass die Situation eine besondere Ausstattung erforderte. »Was willst du denn vorführen?«

»Ich will singen«, antwortete Magermilch. »Weißt du, ich bin schon als Kalb im Milchkannen-Sommermusical *Annie, die Meistermuherin* aufgetreten. Das war ein irrer Erfolg. Manche sind sogar vom Waldrand auf die Weide gekommen, obwohl es die schlimmste Fliegenzeit war.« Zur Bekräftigung ließ sie ein langes Blöken hören. Milena plumpste mit dem Hintern in den Matsch. Das Geräusch klang, als hätte jemand ein Kaninchen abgehäutet und gleichzeitig gejodelt, während er eine Handvoll Pfefferminzbonbons im Mund hatte. Und das alles durch ein Megafon. Magermilch schüttelte zufrieden den Kopf und schlenkerte die Hufe wie nach einem langen Waldlauf.

»Beeindruckend, oder? Hä?«

»Wir sollten uns vielleicht etwas anderes einfallen lassen. Nur zur Vorsicht«, sagte Milena und wischte sich den Schlamm von ihrer neuen Trainingshose.

In der nächsten Woche trafen sich Milena und Magermilch jeden Nachmittag auf der Uferwiese und arbeiteten das Konditionstraining ab. Sie

sprangen über den Zaun, liefen Slalom zwischen Autoreifen und trieben Gymnastik, dass die Hinterbacken wackelten.

Eines Nachmittags, als ein leichter Dunst über dem Uferwasser bereits den Abend ankündigte, übte Magermilch Gummitwist mit einem Band, das sie zwischen die Bäume gespannt hatten. Sie meinte, Gummitwist sei das Allerbeste, wenn eine Kuh ihre Läufe in Form halten wollte. Milena saß im Gras und konzentrierte sich darauf, aus Klee und Gänseblumen einen Kranz zu basteln. Magermilch hatte ihr erzählt, dass alle Kühe, die an dem Wettbewerb teilnahmen, so einen Kranz trugen. Die Arbeit ging allerdings nur langsam voran.

Plötzlich merkte Milena, dass ein Schatten auf sie fiel. Sie drehte sich rasch um und sah drei Kühe hinter sich stehen. Die mittlere war riesig, groß wie ein Stier und schokoladenbraun. Sie grinste, doch Milena hatte nicht den Eindruck, dass sie ihr freundlich gesinnt war. Das Tier hat-

te große Hörner und vorstehende Nüstern. Auch die beiden anderen waren braun, hatten aber hellere Flecken auf dem Rücken. Sie waren ein wenig kleiner als die Schokobraune, aber immer noch doppelt so groß wie Magermilch. Milena sprang auf. Magermilch bekam von alldem nichts mit. Sie sang vor sich hin und hüpfte, dass die Erde bebte.

»Schau an, ein kleines Menschenkalb«, sagte die Braune und nun wurde auch Magermilch auf sie aufmerksam. Sie hielt so abrupt in ihrer Bewegung inne, dass sie über die Gummibänder stolperte und auf den Hintern flog. Hastig versuchte sie sich aufzurappeln, verwickelte sich dabei aber mit den Beinen in den Gummibändern und stolperte gleich wieder.

»Guckt mal, Magerplörre hat Tanzen gelernt«, spottete die Braune und muhte über ihren eigenen Witz.

»Luzie«, murmelte Magermilch. Milena zuckte zusammen.

»Wie nett, dass du beschlossen hast, dich auch zum Wettbewerb anzumelden«, sagte Luzie scheinheilig. »Wir sind hier, um dir zu gratulieren. Wie ich sehe, hast du eine Spielkameradin gefunden«, fuhr sie fort und nickte zu Milena hinüber. Dann schnappte sie sich den Kranz von der Wiese, den Milena mühsam geflochten hatte, und zerkaute ihn. »Gutes Essen habt ihr hier. Dein Mensch sieht ein bisschen seltsam aus, aber ihr Kranz ist nicht übel.«

»Mit der mögen sich höchstens Menschen abgeben, sonst keiner«, muhte Luzies gescheckte Begleiterin und die dritte Kuh kicherte.

»Na, na, Mädchen«, mahnte Luzie. »Man muss lieb sein. Das macht schön.«

»Danke«, murmelte Magermilch, die offenbar nicht recht wusste, was sie von alldem halten sollte.

»Und bei dieser Schnauze ist jede kleine Verschönerung ein Plus«, fuhr Luzie fort. »So eine darf man nicht in den Kuhstall lassen, sonst wird die Milch sauer.« Die drei rückten mit gesenkten Hörnern auf Magermilch zu, die sich inzwischen von den Gummibändern befreit hatte und zurückwich. Die Kühe folgten ihr und stupsten sie über die Wiese.

»Hört auf!«, rief Milena.

»Klar doch«, sagte Luzie und stieß Magermilch um. Die Ärmste fiel direkt in die Brennnesseln, die am Schweinezaun wuchsen.

»Uuuh, das brennt!«, plärrte Magermilch und die beiden Gefleckten brachen in Lachen aus.

»Gehen wir, Mädchen«, sagte Luzie und wedelte zufrieden mit dem Schwanz. »Ich glaube, Plörre hat ihre Lektion gelernt.«

Nachdem die Kühe sich verzogen hatten, eilte Milena Magermilch zu Hilfe. Die Kuh ließ den Kopf hängen und wich Milenas Blick aus.

»Jetzt weißt du, was für ein elender Feigling ich

bin«, sagte sie. Milena tätschelte ihr tröstend den Hals. Im selben Moment schrie sie erschrocken auf. An Magermilchs Flanke hatten sich daumengroße rote Pusteln gebildet.

»Du siehst aus als hättest du Scharlach.«

»Nesselausschlag«, sagte Magermilch und drehte den Kopf, um ihren Rücken sehen zu können. »Ich war schon als Kälbchen allergisch gegen Brennnesseln. Das weiß Luzie ganz genau. Wie in aller Welt soll ich übermorgen an dem Wettbewerb teilnehmen?«

»Geh sofort schwimmen«, riet Milena. »Wasser hilft.«

Schon schwollen Magermilchs Augen zu. Von Milena gestützt, schwankte sie halb blind vorwärts. Das Ufer fiel rasch ab und bald war die Kuh bis zur Hälfte im Wasser. Milenas Beine reichten nicht auf den Grund, sie musste um die Kuh herumschwimmen und sie von allen Seiten mit kühlem Wasser bespritzen. Allerdings war das Wasser trübe und so war Magermilch schließlich ganz und gar mit dickem braunem Schlick bedeckt. Auch ihre Augen waren ganz verdreckt. Alles in allem bot sie einen kläglichen Anblick. Wenn die Lage nicht so ernst gewesen wäre, hätte Milena sicher gelacht. Sie musste Magermilch ans Ufer führen. Bei jedem Schritt lösten sich braune Tonklumpen von der Kuh und fielen platschend ins Gras.

»Hat es geholfen?«, fragte Milena.

»Sieht es so aus?«, jammerte die Kuh, und Milena fand, dass ihre Stimme so klang, als würde sie gleich anfangen zu weinen. Langsam trocknete der Schlamm und fiel in Schuppen von Magermilchs Fell ab.

»Du kannst so tun, als hättest du ein Kurbad mit Tonerde genommen.«

»Gleich kriegst du Tonerde auf die Nase, du vorwitziges Kind«, schimpfte Magermilch.

»Wir müssen dich sauber kriegen«, meinte Milena. Sie erinnerte sich, dass im Schuppen ein

Gartenschlauch lag. Zum Glück saß ihre Mutter vor dem Fernseher und verfolgte eine Serie über Teenagervampire, sodass Milena die Kuh gründlich abduschen konnte. Die Pusteln hatten sich violett gefärbt.

»Vielleicht können wir Mutters Schminke nehmen«, überlegte Milena.

»Eine saublöde Idee«, brummte die Kuh. »Ich bin kein Versuchstier.«

»Meine Mutter hatte mal einen Hautausschlag, da hat sie irgendeine Salbe draufgestrichen. Wir könnten es probieren. Aber wir müssen warten, bis es dunkel ist. Meine Mutter ist nicht immer so durch den Wind, dass sie es nicht merkt, wenn eine fünfhundert Kilo schwere Kuh auf ihrer Treppe hochstolpert.« Darauf sagte Magermilch nichts mehr. Sie war bodenlos traurig. Ohne sich zur Wehr zu setzen, schleppte sie sich kraftlos vorwärts. Dabei schleiften ihre Knie beinahe über den Boden.

Das Gesicht, das die Verkäuferin in der Apotheke machte, als Milena um fünfundzwanzig Liter Salbe gegen Nesselausschlag bat, war sehenswert. Sie war eine elegante junge Dame und offensichtlich stolz auf ihren weißen Kittel, an dem ein Namensschild steckte.

»Mei-meinst du, du möchtest fünfundzwanzig Gramm Salbe? Hast du einen schlimmen Ausschlag, mein liebes Kind?«, fragte sie und ihr mitleidiges Gesicht sah direkt hübsch aus.

Milena runzelte die Stirn.

»Nein«, sagte sie. »Danke der Nachfrage. Ich habe ein paar Sommersprossen am Bauch, aber die sind ganz hübsch. Wollen Sie sagen, dass es die Salbe nur in größeren Packungen gibt? In dem Fall nehme ich fünfzig Liter. Dann reicht es auch gleich für Lindstedt, unseren Nachbarn.«

»Warum brauchst du denn so viel Salbe?«, fragte die Verkäuferin.

»Ich will den Wagen damit einfetten«, sagte Milena. Sie ahnte, dass es unklug gewesen wäre, die Kuh zu erwähnen. »Es wäre auch gut, wenn noch ein bisschen für die Schuhe übrig bliebe.«

Die Verkäuferin schüttelte den Kopf. »So große Packungen führen wir nicht.«

»Na, dann vergessen wir den Nachbarn. Soll er

sich seine Creme selbst besorgen, der alte Schnorrer. Ich nehme von allen Sorten.« Milena band sämtliche Tiegel und Tuben, die sie gekauft hatte, auf den Gepäckträger ihres Fahrrads, radelte nach Hause und wartete auf den Abend.

Ihre Mutter saß unten im Wohnzimmer und sah sich eine deutsche Krimiserie an, in der alle Schauspieler schwarze Lederjacken trugen. Milena ging immer wieder hinunter, um irgendetwas zu holen: Milch, ein zweites Kissen oder ein Brot mit Käse und Paprika. Dabei spähte sie jedes Mal ins Wohnzimmer, um zu sehen, ob ihre Mutter endlich schlief. Die nickte nämlich normalerweise schon beim Vorspann ein und wurde erst wieder wach, wenn die Sendung zu Ende war. Doch diesmal saß sie leider ganz munter auf dem Sofa.

»Bist du nicht müde, Mama?«, erkundigte sich Milena, als sie hörte, wie ihre Mutter die deutschen Polizisten anfeuerte, den Einbrecher festzunehmen.

»Hast du Durchfall oder warum läufst du andauernd hier unten herum?«, fragte ihre Mutter zurück. »Hast du dir schon die Zähne geputzt?«, fügte sie hinzu, als hätte sie sich plötzlich auf ihre Mutterrolle besonnen.

»Ich hole mir nur ein Glas warme Milch«, antwortete Milena listig. »Möchtest du auch welche?« Ihre Mutter nickte, ohne die Augen vom Bildschirm abzuwenden. Zwanzig Minuten, nachdem sie ihre Milch ausgetrunken hatte, war vom Sofa leises Schnarchen zu hören.

Milena schlich zur Haustür und spähte nach draußen. »Magermilch«, flüsterte sie in die Dämmerung. Gleich darauf knackte es im Gebüsch und die Kuh trabte an. Ihr Hautausschlag war ein wenig blauer geworden.

Im Obergeschoss drückte Milena alle Tuben aus der Apothekertüte in der Badewanne aus. Es sah aus, als wäre die Wanne mit dicker weißer Sahne gefüllt. Als Magermilch hineinstieg, spritzte die mit dem Wasser vermischte Masse an die Wände.

»Wir müssen uns einen neuen Plan ausdenken«, sagte Milena. »Luzie ist eine härtere Gegnerin als ich dachte.«

Magermilch hatte die Klobürste gefunden, die Milena vorsorglich versteckt hatte, und schrubbte sich den Rücken. Ihre Hörner schienen tiefer zu hängen als sonst, aber sie sang tapfer vor sich hin. Milena hörte nur einige Worte heraus – »Lauf nur, Kuh, der Mond schaut zu« –, doch das Lied kannte sie nicht. Sie fuhr fort: »Vielleicht könntest du einen Fallschirmsprung vorführen oder sonst was Spektakuläres? Jedenfalls müssen wir einen neuen Platz für unser Training finden, einen, von dem Luzies Bande nichts weiß.«

»Sag mal«, unterbrach Magermilch ihre Überlegungen. »Ist es normal, dass diese Salbe die Haut grün färbt?«

Milena betrachtete die Kuh. Tatsächlich, unter dem leicht bläulichen Schaum war Magermilch leuchtend GRÜN. Grüner als ein Granny-Smith-Apfel, alter Käse oder die Wand des Nachbarhauses. WIRKLICH GRÜN, wie Weltraumspinat oder Tang.

»Wieso bist du grün?«, kreischte Milena, dachte dann an ihre schlafende Mutter und flüsterte heiser: »Du bist GRÜN!« Sie begriff selbst, dass dieser Satz ziemlich blöd war, denn Magermilch hatte ja gerade dieselbe Feststellung gemacht. Die Kuh

hielt die Klobürste hoch und starrte sprachlos auf ihre Haut.

»Das muss irgendeine chemische Reaktion sein. Hattest du Mückenspray oder so was auf der Haut?«

Magermilch schüttelte den Kopf, zog den Stöpsel heraus und schaute der ablaufenden Brühe nach.

»Nein«, murmelte sie. »Nur ein wenig Veilchenduft. Ich mag den Stallgeruch nicht.«

Ob es nun am Zusammenwirken des Veilchenparfüms und der Salben lag oder an der Stellung des Mondes, das Ergebnis war jedenfalls, dass Magermilch grün war wie ein Quakfrosch.

»So kann ich auf gar keinen Fall am Miss-Milky-Ray-Wettbewerb teilnehmen«, stellte sie fest und ließ die Klobürste in die Wanne fallen.

»Wir werden den Karren schon aus dem Mist ziehen«, meinte Milena tröstend. Das hatte ihr Vater einmal gesagt, vor ziemlich langer Zeit. Sie ließ frisches Wasser ein, nahm die Kernseife und schrubbte Magermilch so fest, dass die Kuh vor Schmerz brüllte. Doch nichts half, die grüne Farbe blieb. Sie wurde eine Spur bläulicher, war aber immer noch schreiend grün.

»Vielleicht sollten wir dir das Fell färben«, schlug Milena vor. Ihr war gerade eingefallen, dass im Schrank möglicherweise noch eine Tube mit Mamas schwarzer Haarfarbe lag, von früher, als sie noch nicht den ganzen Tag mit Wollsocken an den Füßen auf dem Sofa gelegen hatte. Magermilch schüttelte den Kopf.

»Ich will nicht noch mehr Probleme. Am besten lasse ich die ganze Sache bleiben.« Milena wollte protestieren, aber als sie Magermilchs Miene sah, hielt sie den Mund.

»Gegen Luzie hätte ich sowieso keine Chance gehabt. Es war einfach dumm von mir, zu glauben, ich könnte gewinnen«, schnaubte die Kuh.

»So reden Verlierer«, fuhr Milena sie an und fing

vor lauter Aufregung mal wieder an, schlimmer zu nuscheln. »Willscht du dir etwa von dieschem Kackmaul die Laune verderben laschen?«

»Hör auf!«, sagte Magermilch. »Was weißt du schon von Schönheitswettbewerben! Du kannst ja nicht mal richtig sprechen, du Nuschlerin.«

Das war eine fiese Bemerkung, aber Magermilch war furchtbar niedergeschlagen. Deshalb biss Milena die Zähne zusammen und spürte, wie ihr ein bitterer Kloß in den Hals stieg.

»Lass mich mit deinem blöden Wettbewerb in Ruhe, du Schleimfell«, zischte sie und rannte in ihr Zimmer. Sie warf sich auf das Bett und zog die Decke über den Kopf. Trotzdem hörte sie, wie Magermilch aus dem Bad stolperte. Die Kuh schien vor der Tür zu Milenas Zimmer stehen zu bleiben, als wollte sie etwas sagen, doch dann polterte sie die Treppe hinunter.

Wenn Mama wach wird, ist es auch egal, dachte Milena. Soll sie sich ruhig wundern, dass eine grüne Ayrshire-Kuh mit Seifenschaum bedeckt im Flur herumstapft. Mir ist es jedenfalls wurscht, ob Magermilch sich lächerlich macht. So eine dumme, eingebildete grüne Kuh, kein Wunder, dass sie keine Freunde hat. Wer will schon etwas mit ihr zu tun haben?

Allerdings hatte auch Milena im Dorf praktisch keine Freunde. Aber das war etwas anderes. Sie hatte Angst davor, dass die anderen Kinder über ihr Nuscheln spotten würden. Wer will schon mit einem Mädchen spielen, das eine gespaltene Zunge hat wie eine Schlange?

Am nächsten Morgen wurde Milena von ihrer Mutter geweckt, die laut die Titelmelodie von *Trautes Heim* sang und die Vorhänge zurückzog. Milena ahnte Böses. Ihre Mutter neigte dazu, überraschende Elternanfälle zu bekommen; dann zwang sie Milena, Haferbrei zu essen, und fragte, ob sie ihre Hausaufgaben gemacht hatte. Es half überhaupt nichts, zu erklären, dass gerade Sommerferien waren. Milena fand, die beste Mutter war eine, die ihr Kind in Ruhe ließ. Aber ihre Mutter hatte heute ihren Stammplatz vor dem Fernseher verlassen, Lisas Mutter angerufen und ihr erklärt, Milena brauche unbedingt neue Freundinnen. Anschließend hatte sie auf einem Flohmarkt ein zu großes Rüschenkleid gekauft, das Milena bei Lisas Geburtstagsfeier tragen sollte.

»Da kannst du noch reinwachsen!«, jubelte sie. Milena erstarrte und ihre Hände wurden ganz feucht. Das Kleid sah furchtbar aus, mit großen roten Tulpen und Tüll, der für mehrere Gardinen gereicht hätte. Wie immer übertrieb ihre Mutter bei allem, was sie tat.

»Vielleicht könnte ich die schwarze Jeans anziehen«, schlug Milena vor.

»Ich habe mir so sehr ein Mädchen gewünscht. Und was habe ich bekommen? Eine hübsche Tochter, die sich anziehen will wie ein Vorstadt-Rapper.« Die Unterlippe ihrer Mutter zitterte, und Milena wusste, dass sie keine Chance hatte.

»Schon gut, es ist sehr hübsch«, seufzte sie.

»Mit Puffärmeln«, sagte ihre Mutter eifrig. »Als kleines Mädchen hätte ich für Puffärmel sogar meine Mutter verkauft. Ich muss das Kleid ein bisschen enger nähen, aber das geht ganz schnell.«

»Ich könnte meine Mutter auch verkaufen«, murmelte Milena.

»Wasch?«, fragte ihre Mutter, die schon die Stecknadeln zum Ändern zwischen den Lippen hatte.

Ein paar Stunden später fand sich Milena in einem fremden Wohnzimmer wieder. Wohin sie auch blickte, überall waren Kinder. Kreischende, lärmende und lachende Kinder. Kinder in modischen Jeans und Tennisschuhen. Mittendrin saß ein Mädchen mit einer Pappkrone und einem T-Shirt mit einem tollen Motiv. Genau so eins hatte Milena sich gewünscht, aber ihre Mutter hatte (SCHON WIEDER) gesagt, das sei nichts für kleine Mädchen. Am liebsten hätte Milena Mama geholt und ihr das Mädchen gezeigt. Damit sie sah, dass es auf der Welt auch kleine Mädchen in richtig coolen T-Shirts gab. Milena stand wie ein steifer Klotz an der Tür und zupfte an den blöden Tüllspitzen herum, bis irgendein Junge sie anrempelte und seine Cola über ihr Kleid schüttete.

»Hoppla, 'tschuldige«, sagte er und lief weiter, ohne sich umzusehen. Milena strich sich die zuckrige Limonade vom Rock und marschierte zu dem Mädchen mit der Krone.

»Herschlichen Glückwunsch, Lischa«, stammelte sie. Lisa starrte Milena mindestens drei Minuten lang an.

»Was ist denn mit deinem Mund los?«, fragte sie.

»Meine Schunge ischt kaputt«, sagte Milena und

nuschelte vor lauter Verlegenheit schlimmer als jemals zuvor. Lisa machte große Augen. Es sah beinahe so aus, als würden sie ihr gleich aus dem Kopf springen. Dann zuckten ihre Mundwinkel und sie prustete los.

»Ey, Leute, guckt euch das an! Die Sahnetorte hier kann noch nicht sprechen.« Eine Schar Kinder, kreischende, furchtbare Kinder in bunten T-Shirts, umzingelte Milena und versuchte mit Gewalt, ihr den Mund aufzuzwingen. »Schlangenzunge«, kicherten sie. Und: »Hast du eure Gardinen angezogen?«

Milena boxte einen Jungen in den Bauch und attackierte den nächsten mit dem Knie, bis sie sich endlich befreien konnte. Sie rannte auf die Toilette, verriegelte die Tür und lehnte sich dagegen. Eine Zeit lang wummerte der wilde Trupp an die Tür. Dann hörte Milena eine übertrieben fröhliche Erwachsenenstimme rufen: »Das Feuerwerk fängt an!«

Nach kurzem Getrappel wurde es vor der Toilette still. Milena wartete noch eine Weile. Dann atmete sie tief durch und betrachtete sich im Spiegel. Erschrockene dunkle Augen starrten zurück. Sie spähte in den Badezimmerschrank, fand eine Nagelschere und schnitt die Puffärmel ab. Der Stein auf ihrer Brust hob sich ein paar Zentimeter. Dann schnippelte sie am Rocksaum herum, riss die Schleife am Rücken ab und sah wieder in den Spiegel. Jetzt gefiel ihr das Kleid viel besser, es sah irgendwie nach Punk aus. Milena verließ die Toilette. Die Wohnung war leer, alle standen draußen, um das Feuerwerk zu bewundern. Milena schlich in die Küche, wo sich der Tisch unter Leckerbissen bog: Törtchen, Windbeutel, Reispiroggen, Schüsseln voller Fleischklößchen und mit Schinken umwickelte Salzgurken, kleine Brote mit Räucherlachs und Gurke.

Mitten auf dem Tisch thronte die Königin: eine große zweistöckige Sahnetorte, auf der in rosa

Zuckerguss stand: Herzlichen Glückwunsch, liebliche Lisa! (Lieblich, PAH, dachte Milena.) Den Schriftzug umrahmte eine Girlande aus Marzipanrosen. Lisas Mutter hatte bestimmt zwei Tage gebraucht, um dieses Kunstwerk zu schaffen. Milena nahm die Tortenplatte vom Tisch. Ihre Hände zitterten ein wenig, als sie das riesige Ding nach draußen trug, wo Lisa stand, mit dem Rücken zu ihr, Arm in Arm mit einem dunkelhaarigen Mädchen. Die Dunkelhaarige flüsterte ihr etwas ins Ohr und beide kicherten. Milena sah, dass sie zu den Jungen hinüberlugten.

Sie schob die Kuchenplatte vorsichtig auf die flache linke Hand und tippte Lisa auf die Schulter. Lisa sah zuerst verwundert aus, begriff dann schnell und versuchte wegzulaufen, konnte sich aber nicht einmal mehr umdrehen, bevor Milena ihr die Torte ins Gesicht klatschte. Sahnebäche flossen auf Lisas Jeans. Das dunkelhaarige Mädchen neben ihr kreischte. Milena fand, dass die Marzipanrosen Lisas Frisur einen eleganten, künstlerischen Anstrich gaben.

»Na, wer ist jetzt als Sahnetorte verkleidet?«, fragte sie. Da sah sie Lisas Mutter näherkommen. Sie war dunkelrot im Gesicht. Milena hielt es für das Beste, schleunigst zu verschwinden.

Als ihre Mutter sie einige Stunden später abholte, kroch Milena aus einem Gebüsch in der Nähe des Hauses hervor.

»Was ist mit deinem schönen Kleid passiert?«, fragte ihre Mutter.

»Eine Atombombe«, antwortete Milena. »Die hat mich getroffen, als ich Frauen und Kinder aus einem brennenden Haus gerettet habe.«

»Aha«, sagte ihre Mutter. »Das ist ja fein.« Dann sah sie Milena eindringlich an und nahm sie in die Arme. »Du würdest es mir doch erzählen, wenn etwas nicht in Ordnung wäre, nicht wahr?«

»Ja, natürlich«, sagte Milena und wich dem Blick ihrer Mutter aus. »Du hast doch eine Nähmaschine, oder?«

In der Küche war es mucksmäuschenstill. Auch draußen sang kein einziger Vogel. Mama lag schlafend auf dem Sofa. Milena hob ihre Kreation mit ausgestreckten Armen hoch und bewunderte ihre Arbeit. Sie hatte die ganze Nacht genäht,

Schnittmuster gezeichnet und den Tiefseetaucheranzug ihrer Mutter, zwei Paar Rollschuhe (aus der Zeit, als ihre Mutter ein Rollschuhcafé gründen wollte) und ein altes Mannschaftszelt der Armee miteinander kombiniert. Das Ergebnis war einfach prachtvoll.

Milena sah auf die Küchenuhr und rieb sich das Gesicht. Sechs Uhr. Es war unerhört früh und ihre Mutter würde noch stundenlang schlafen. Milena packte den Rucksack und rannte zur Weide.

Der Nebel auf der Wiese am Ufer schlug Milena beim Laufen ins Gesicht wie ein nasses Handtuch. Alles sah ganz anders aus als tagsüber. Es war ein seltsames Gefühl, unterwegs zu sein, wenn alle anderen noch schliefen. Beängstigend. Fast kam es Milena vor, als würde sie etwas Verbotenes tun. Sie blieb stehen, um darüber nachzudenken. Ihre Mutter hatte gesagt, sie dürfe spätabends nicht allein nach draußen gehen. Aber jetzt war, technisch gesehen, Morgen. Mama hatte ihr nicht verboten, in der FRÜH allein herumzulaufen.

Ein unheimliches Gefühl riss Milena aus ihren Gedanken. Es war ihr, als ob sie jemand anstarrte. Sie drehte sich um und erblickte auf dem Hügel eine gewaltige schwarze Gestalt.

Zuerst glaubte sie, es sei Magermilch, doch dann wurde ihr klar, dass dieses Tier viel, VIEL größer

war. Schon Luzie war groß, doch dieses Wesen war geradezu gigantisch, es war breiter als ein Traktor. Milena erstarrte. Es kam ihr vor, als wäre das Wesen dem Nebel entstiegen. Seine Umrisse zeichneten sich vor dem Himmel ab.

»Er steht schon eine ganze Weile da«, sagte Magermilch, die plötzlich hinter Milena aufgetaucht war.

»Magermilch«, seufzte Milena erleichtert. Noch nie hatte sie sich über die Anwesenheit eines lebenden Wesens so gefreut.

»Psst«, zischelte die Kuh. »Stör ihn nicht.«

»Kennst du den?«

»Nein«, sagte Magermilch. »Aber Großmutter Hornlos hat mir von denen erzählt. Es ist ein Bison.« Sie stieß einen langen Seufzer aus.

»Er ist bestimmt von der Bisonfarm entlaufen«, meinte Milena. Nun sah sie das Wesen deutlicher. Es hatte wolliges schwarzes Fell und sein Atem dampfte in der kühlen Morgenluft. In Magermilchs Begleitung fühlte Milena sich sicher. Seltsam, wie wenig man sich fürchtet, wenn man jemanden bei sich hat, dem man vertraut, dachte sie.

Der Bison schnaubte laut. Er hatte die beiden entdeckt, und fast sah es so aus, als ob er ihnen zuzwinkerte. Dann war er verschwunden. Nur der Nebel lag noch auf dem Hügel.

»Ich weiß jetzt, wie du an dem Wettbewerb teilnehmen kannst«, sagte Milena und holte die Sachen aus dem Rucksack. Aus irgendeinem Grund flüsterte sie. Als sie ihren Plan erklärte, sah Magermilch sie zweifelnd an. Aber letzten Endes blieb der Kuh kaum eine andere Wahl.

Der Miss-Milky-Ray-Wettbewerb fand auf dem Platz hinter der Meierei statt. Es wimmelte von Dorfbewohnern und von Touristen, die an dem Bauernfest teilnehmen wollten. Milena meinte, sogar Lisa und deren Mutter unter den Zuschauern zu sehen. Überall standen rot-weiß gestreifte Buden, an denen Wurst und Limonade, Zuckerwatte und kuhförmige Lutscher, Lakritzschnecken und geräucherte kleine Fische verkauft wurden. Aber das Tollste war der Schokoladenspringbrunnen, der genau in der Mitte des Platzes aufgebaut war. Aus seinem Inneren quoll flüssige, schwarz glänzende Schokolade. Gekrönt wurde die Pracht von einer Kuh aus Schokolade, die Luzie täuschend ähnlich sah. Magermilch deutete mit dem Kopf auf die Schokoladenkuh.

»Harte Konkurrenz, findest du nicht?« Milena klappte hastig den Mund zu, den sie vor Verblüffung aufgerissen hatte, und zuckte mit den Schultern.

»Ich finde Luzies Hintern viel zu breit«, sagte sie, fragte sich aber insgeheim, wie in aller Welt sie den Wettkampf bestehen sollten.

Milena hatte noch nie so viele Kühe auf einmal gesehen. Sie drängten sich zu Dutzenden auf dem Podest, das am Rand des Platzes aufgestellt worden war. Da waren schwarz-weiße Friesen, zierliche Hornlose, schwarze, braune und rosa Kühe. Gewaltige Tiere wie Luzie und gewöhnliche Landkühe, die zerstreut an ihrem Kranz kauten, ohne das fröhliche Treiben groß zu beachten.

Luzie war schon von Weitem zu erkennen. Ihr Fell glänzte frisch gebürstet und ihre Hörner funkelten. Tippi und Toppi (so nannte Milena Luzies Freundinnen) muhten ihrer Anführerin vom Rand der Bühne aus bewundernd zu. Auch sie trugen rote Bänder um den Hals und Sonnenblumen an den Hörnern. Als Luzie Magermilch entdeckte, brüllte sie: »Guckt mal! Hässlich war sie ja immer schon, aber jetzt ist sie auch noch grün.«

Tippi und Toppi muhten spöttisch. Auch die anderen Kühe wandten die Köpfe und starrten Milena und Magermilch an. Milena ließ den Blick über die Menschenmenge schweifen. Niemand schien zu merken, dass die Kühe sprachen. Offenbar stumpfen bei Erwachsenen die Sinne ab. Sie wollen nichts anderes sehen und hören als das, woran sie gewöhnt sind. Und dazu möchten sie gern eine Tasse Kaffee, die Fernsehnachrichten und ihre Wollsocken.

»Als Magerplörre geboren wurde«, blökte Luzie laut, »hat ihre Mutter sich so erschreckt, dass sie drei Wochen lang statt Milch nur saure Sahne gegeben hat.«

»Oho!«, rief Tippi (oder Toppi) überrascht. »Warum trägt sie ein Trikot?«

Tatsächlich, von Magermilch war nur der Kopf zu sehen. Der Rest ihres Körpers steckte in einem eng anliegenden Anzug, den Milena auf der Nähmaschine ihrer Mutter aus dem Taucheranzug und dem Zelt genäht hatte. Er war dunkelgrün, eine Schattierung dunkler als Magermilchs Schnauze. Milena hatte große vierblättrige Kleeblätter auf den Anzug gesteppt, denn sie fand, zusätzliche Glücksbringer könnten nichts schaden. Und wirklich, der Anzug hatte geholfen, Magermilchs Selbstvertrauen zu stärken. Sie hielt die Hörner hoch erhoben und wedelte mit dem Schwanz.

Alle Kandidatinnen und ihre Menschen stellten sich in einer Reihe auf. Als Milena die anderen Kühe ansah, stellte sie fest, dass Magermilch die Wahrheit gesagt hatte: Sie war tatsächlich die kleinste von allen.

»Wann ist die Bikinirunde dran?«, rief ein Witzbold im Publikum. Milena erkannte ihn: es war der erwachsene Sohn von Gertrud Kiefer, von dem man sagte, er sei ein Taugenichts. Milena wusste nicht, was die Bikinirunde war, doch sie vermutete, dass es etwas mit Biertrinken und Pfeilewerfen in der Kneipe neben der Tankstelle zu tun hatte. Das tat der erwachsene Sohn von Gertrud Kiefer nämlich oft.

Nun kam ein Mann in einem gestreiften Anzug auf die Bühne. Er war der Bürgermeister und sichtlich nervös. In seinem Schlepptau hatte er eine re-

solute Frau in einem schicken Kleid, die breit lächelte. Im Vergleich zu ihrem Körper wirkten ihre strahlend weißen Zähne viel zu groß. Der Bürgermeister räusperte sich ins Mikrofon und suchte nach seiner Brille. Da schnappte ihm die vornehm gekleidete das Mikrofon weg und hieß alle willkommen zum Miss-Milky-Ray-Wettbewerb. Sie sagte, sie vertrete die Schokoladenfabrik.

Hier, in diesem wunderschönen Dorf, wolle sie das neue Symbol des beliebten Schokoriegels finden. Luzie – sie nickte zu der braunen Kuh hinüber – habe diese Rolle drei Jahre lang erfolgreich gespielt. An dieser Stelle muhten Luzie, Tippi und Toppi laut und stierten das Publikum an.

Die Frau runzelte die Stirn und hob ein wenig die Stimme. Sie sagte, sie erkläre den Wettbewerb für eröffnet. Die Jury werde ihre Favoritin aufgrund ihrer Grazie, ihrer Haltung und vor allem nach der Bewertung der Talentrunde wählen. »Ihnen allen einen leckeren Tag«, wünschte die vornehm gekleidete und lächelte so süßlich, dass Milena geradezu spürte, wie der Zucker zwischen ihren Zähnen knirschte.

Als in der Talentrunde die Reihe an Magermilch kam, zog Milena ihre Geheimwaffe hervor. Magermilch fing bei ihrem Anblick an zu zittern.

»Rollschuhe«, erklärte Milena. »Ich bin sicher, dass nicht viele Kühe auf diese Idee gekommen sind.«

»Dafür gibt es einleuchtende Gründe«, meinte Magermilch mit bebender Stimme.

»Nur Mut«, sagte Milena und schnallte die Rollschuhe unter alle vier Hufe der Kuh.

»Wir könnten es noch nach Hause schaffen«, murmelte Magermilch. »Und mit deiner Mutter die Wiederholung von *Trautes Heim* guuu …« Der Rest des Satzes blieb in der Luft hängen, denn Milena schob Magermilch schon auf die Bühne.

Die Kuh glitt über die mit Linoleum bespannte Fläche, warf die Frau im schicken Kleid um und schaffte es gerade noch, zu wenden, bevor sie beinahe selbst von der Bühne gefallen wäre. Das Publikum war sprachlos und eine Weile herrschte völlige Stille. Nur ein kleines Kind leckte schmat-

zend an seinem Lutscher. Magermilch rollte nun auf den Bürgermeister zu, der in letzter Sekunde zur Seite sprang. Nach ein paar Runden gewöhnte sich Magermilch an ihre Rollschuhe und drehte ihre Kreise bereits zuversichtlicher.

Das Publikum erholte sich von seiner Verblüffung und rief Hurra. Das stärkte Magermilchs Selbstvertrauen und bei der nächsten Runde hob sie graziös die Vorderbeine und drehte sich um ihre eigene Achse. Jetzt feuerte das Publikum sie lautstark an. Milena hatte den Eindruck, dass Luzie, die am Rand der Bühne stand, inzwischen grüner aussah als Magermilch. Die Frau im schicken Kleid rappelte sich auf, ordnete ihre verstreuten Notizzettel und verkündete: »Das ist also die Kandidatin Nummer sieben namens …«

»Magermilch Glücksklee Huber«, rief Milena mit lauter Stimme. »Die einzige Rollschuh laufende Kuh der Welt.« Magermilch blinzelte und die Zuschauer in der ersten Reihe klatschten. Angespornt von dem Beifall, versuchte die Kuh sich an einer Pirouette, stolperte aber über ihre eigenen Beine und landete klatschend auf dem Bauch. Die Zuschauer brüllten vor Begeisterung. Sie fanden, dass dieser Schlusseffekt das Allerbeste an der Vorführung war.

»Wie es scheint, hat das Publikum eine klare Favoritin«, sagte die vornehm gekleidete. »Aber jetzt tritt unsere Jury zusammen und berät über ihre wichtige Entscheidung. Währenddessen spielt die ortsbekannte Band *Schlabberbauch* ihren fantastischen Hit *Meine gefleckte Schöne.*«

Eine Schar schüchterne Bauern, alle in schwarzen Lederhosen und mit Kajalstrichen um die Augen, betrat die Bühne. Einen von ihnen erkannte Milena, er hieß Masa und wohnte in der Nachbarschaft. Sie erinnerte sich, dass viele Kinder im Dorf Masa auslachten, weil er stotterte. Jetzt trug er eine Lederjacke, die am Rücken mit einem Drachen bestickt war – und beim Singen stotterte er kein bisschen. Die Band spielte so laut und mit so viel Einsatz, dass sogar die Zuhörer schwitzten. Milena fand, jetzt sei genau der richtige Zeitpunkt, sich ein Eis zu kaufen. Ihrer Meinung nach hörte sich die Musik von *Schlabberbauch* aus der Entfernung sowieso viel besser an.

Milena kaufte zwei Waffeln mit Eis, Pistazie für sich und Schokolade für Magermilch. (Beim Bezahlen überlegte sie, ob Kühe überhaupt Eis fressen. Aber an der Eisbude hing ein großes Bild von einer Kuh, die am blauen Himmel flog. Das MUSSTE bedeuten, dass die meisten Kunden Kühe waren.) Als sie Magermilch gerade die Eiswaffel reichen wollte, war lautes Gebrüll zu hören. »Haltet den Dieb! Er hat den Schokoladenbrunnen gestohlen!«

Milena drehte sich um, das Eis immer noch in der Hand, und sah den erwachsenen Sohn von Gertrud Kiefer, der den Schokobrunnen un-

ter dem Arm trug und wegrannte. Er hatte sich wohl gedacht, er müsse unbedingt seinen eigenen Schokoladenspringbrunnen haben.

Die Leute wichen den Spritzern aus, die der Springbrunnen verteilte, doch keiner schien auf die Idee zu kommen, etwas zu unternehmen. In Windeseile drückte Milena zwei Unbekannten, die neben ihr standen, die Eiswaffeln in die Hand, sprang auf Magermilchs Rücken und rief dem verdatterten Bürgermeister zu: »Schieb uns mal an. Los geht's!« Der Bürgermeister zögerte nicht lange und gab Magermilch mit einem festen Schubs Fahrt.

Milena und Magermilch rollten in einem Wahnsinnstempo über den Marktplatz und kamen dem Schokoladendieb immer näher. Dann machte es PUMM – sie waren in voller Fahrt gegen den Mann gestoßen.

Schokolade spritzte und der erwachsene Sohn von Gertrud Kiefer kreischte. Er war von Kopf bis

Fuß von der klebrigen Masse bedeckt und jaulte vor Entsetzen. Milena sah etwas auf der Erde liegen. Es war das Ebenbild von Luzie, das oben auf dem Springbrunnen gestanden hatte. Oder vielmehr seine Überreste. Die Schokoladenkuh war in viele kleine Stücke zerbrochen und sah aus wie ein Mosaik.

Nun sammelten sich auch die Zuschauer um die drei.

»Die haben den Dieb geschnappt!«, rief ein kleiner Junge.

»Nicht der Rede wert«, murmelte Magermilch. »Eine Kuh muss sich doch vor dem Mittagessen irgendwie beschäftigen. Das fördert den Appetit, hat meine Großmutter immer gesagt.« Dann überlegte sie eine Weile und fügte hinzu: »Allerdings hat meine arme Großmutter sich hauptsächlich damit beschäftigt, Krokodile in der Kanalisation zu jagen, und das hat ihr regelmäßig den Appetit verdorben, weil die Biester so stinken.« Milena starrte Magermilch an und wandte sich dann mit lauter Stimme an das Publikum.

»Eigentlich war das Ganze Magermilchs Idee. Sie spielt ständig die Heldin. Die Polizei von Helsinki ruft immer bei ihr an, wenn es Probleme mit Mördern gibt.«

»Mit Mördern?«, wiederholte der kleine Junge. Da begriff Milena, dass sie den Mund vielleicht ein wenig zu voll genommen hatte, und sie fügte hastig hinzu: »Aber nur mit ganz winzigen Mördern. Mit solchen, die nur sehr kleine Menschen ermorden.«

Die Band hatte aufgehört zu spielen und immer mehr Gaffer umringten Milena und Magermilch. Auch der Dorfpolizist kam an und fasste den Schokoladendieb an der Schulter. »Na los, Kiefer«, sagte er. »Im Gefängnis gibt es heute Fischsuppe und zum Nachtisch Rhabarberkuchen.«

»Die Jury hat ihre Beratung beendet«, verkündete da die Frau auf der Bühne. Dass die Zuschauer verschwunden waren, schien ihr nichts auszumachen. »Die neue Miss Milky Ray ist gewählt. Ich bitte nun alle, auf ihre Plätze zurückzukehren, dann werden wir hören, welches dieser famosen Tiere den Preis gewinnt.«

»Wir wollen die grüne Kuh!«, rief der erwachsene Sohn von Gertrud Kiefer, der gerade von dem Polizisten abgeführt wurde.

»Laut einstimmigem Beschluss der Jury ist die Siegerin …«, die Band spielte einen Trommelwirbel, dann fuhr die Frau im schicken Kleid fort, »die bereits aus den vorigen Jahren bekannte Luzie!« Luzie grinste, Tippi und Toppi johlten laut. Aber das Publikum buhte und auch die Frau war verblüfft. Irgendein kleiner Mann stellte sich auf die Zehenspitzen, um ihr etwas ins Ohr zu flüstern. Sie schüttelte den Kopf. »Das ist ja unerhört«, murmelte sie, doch dann gab sie sich einen Ruck. »Allerdings gibt es in diesem Jahr noch eine Extraüberraschung.« Luzie sperrte das Maul auf und Milena fand, dass sie ausgesprochen dumm aussah. »Die Schokoladenfabrik wird einen völlig neuen Schokoriegel auf den Markt bringen, für den wir eine ganz spezielle Symbolfigur brauchen. Die Jury hat beschlossen, dass der neue Pfefferminzschokoladentrüffelriegel von der Kuh mit dem passendsten Äußeren geschmückt wird. Von einem Tier, das schon durch seine Farbe für diese Aufgabe geeignet ist.«

Das Publikum applaudierte, als Magermilch erschöpft an den Bühnenrand trottete. Sie schüttelte den Kopf und murmelte etwas vor sich hin. Milena schubste sie.

»Ich bitte Magermilch und ihre junge Freundin auf die Bühne«, sagte die Frau im schicken Kleid. Die Kuh erschrak, doch sie folgte Milena.

»Was möchtest du den Zuschauern sagen?«,

fragte Milena und Magermilch flüsterte ihr etwas ins Ohr. »Meine Freundin Magermilch möchte Sie wissen lassen, dass für sie nicht der Sieg das Wichtigste ist, sondern die Gelegenheit, über andere zu lachen. Vor allem über Luzie, die eine dumme Schwabbelbacke ist. Außerdem wünscht sie sich Frieden auf der Welt und angewärmte Melkmaschinen. Die kalten Dinger fühlen sich

morgens unangenehm an, sagt sie.« Die Zuschauer klatschten Beifall.

»Ich bin mir nicht sicher, ob das die passende Rede ist«, flüsterte Milena Magermilch zu. »Vielleicht solltest du irgendwie edelmütiger sprechen oder so.«

»Edelmütig kann man sein, wenn man verliert«, sagte Magermilch. »Mein Bild kommt auf einen Schokoriegel!«

Und so war es auch. Der neue Pfefferminzschokoladentrüffelriegel wurde so populär, dass man ihn schon bald im ganzen Land kannte. Und obwohl Magermilch zur Belohnung so viel Schokolade fressen durfte, wie sie wollte, wog sie nie mehr als fünfhundert Kilo. Vermutlich, weil sie so eifrig Rollschuh lief. Sie nahm sogar an den Olympischen Spielen teil, aber das ist eine andere Geschichte.

Doch an jenem Tag dachten Milena und Magermilch noch nicht an die Zukunft. Die Menschenmenge umringte sie. Alle wollten ihnen auf den Rücken klopfen. Die Band spielte, Fähnchen wurden geschwenkt, der ganze Platz war voll von lachenden Menschen und Kühen mit Blumenkränzen.

Die Frau im schicken Kleid tanzte mit dem Bürgermeister, und Milena entdeckte Lisa und ihre Mutter, die in der letzten Reihe standen und Hurra riefen. Milena reckte sich und flüsterte Magermilch zu: »Findest du, wir sollten jetzt nach Hause gehen?« Als die Kuh nickte, setzte sich Milena auf ihren Rücken und sie rollten den Sandweg entlang. Der Abend dämmerte und das Mädesüß duftete. Und Milena dachte bei sich, wie schön es war, eine Freundin zu haben.

»Weißt du was?«, sagte Magermilch. »Es ist toll, zu gewinnen, aber noch toller ist es, nach Hause zurückzukehren und zu wissen, dass einen eine halb volle Kekspackung erwartet.«

Leena Parkkinen wurde 1978 geboren. Obwohl sie aus einer Familie begnadeter Geschichtenerzähler kommt, wollte sie eigentlich Malerin werden. Über Umwege kam sie dann aber doch zum Schreiben. *Bühne frei für Magermilch* ist ihr erstes Kinderbuch.

Katja Wehner wurde 1976 in Dessau geboren und studierte Buchkunst und Illustration in Halle, Leipzig und Prag. Seit 2004 arbeitet sie als selbstständige Illustratorin für verschiedene Verlage. Sie lebt mit ihrer Familie in Leipzig. Für den Boje Verlag hat sie bereits die Kritzelbücher zu James Krüss gezeichnet.